Curez   Tisiphone satire politique

Y+

Curez   Tisiphone satire politique

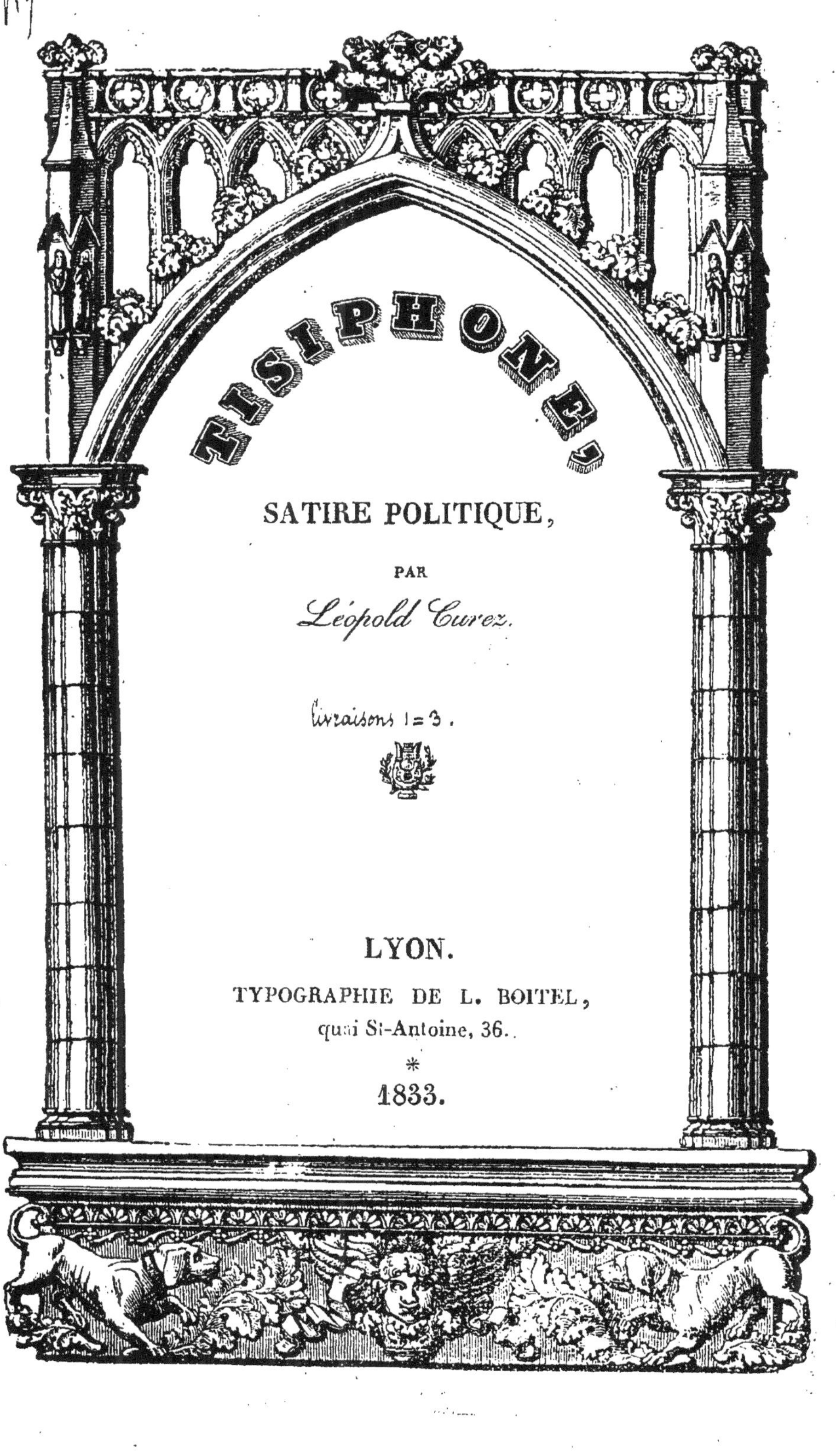

TISIPHONE,
SATIRE POLITIQUE,
PAR
Léopold Curez.
LYON.
TYPOGRAPHIE DE L. BOITEL,
quai St-Antoine, 36.
1833.

TISIPHONE,

SATIRE POLITIQUE,

PAR

LEOPOLD CUREZ.

Prospectus.

> Auri sacra fames !
> Virgile.

Moi, pour divinité j'ai choisi Tisiphone :
Un dard lui sert de sceptre, un serpent de couronne ;
Ses ongles venimeux harponnent les tyrans,
Rongent l'or de leurs mains sur leurs trônes sanglans,
Et leur jettent au front le souffre et le bitume
Qu'elle broie en courroux dans son creuset qui fume.

Point de grâce au parjure ! et de sa dent d'acier,
Quand elle heurte un trône, elle sait le scier....
Mais, au pied des tombeaux fermés sur l'héroïsme
Par l'escobarde main du machiavélisme,
Elle pleure, — et sa voix murmure dans les vents :
Morts, reposez en paix ! malheur a vous, vivans !

Tisiphone ! quel nom !... — Némésis, Asmodée,
Ce sont des noms trop doux pour graver mon idée,
Et pour crier aux rois dans leur profond sommeil
Que le flot populaire inonde, leur réveil ;
Oui, ces noms sont trop doux pour redire à la France
Ces mensonges de cour tout brodés d'espérance,
Pour dévoiler aux yeux du peuple souverain
Les pensers de malheur qui couvent dans mon sein.
Oh ! oui, c'est à présent qu'il nous faut des furies
Pour fouiller aux lambris des longues Tuileries,
Pour exhumer enfin de ces murs ténébreux
Tant de royaux forfaits, séculaires comme eux !...

Arme-toi, Tisiphone ! et va dans leurs repaires
Fouetter le front des rois de tes nœuds de vipères !

Accours, fille des nuits, inspire-moi des chants
Qui soutiennent le faible, écrasent les méchans,
Et souffle largement, souffle en ma veine ardente
Les flammes qui tordaient les entrailles du Dante!..
Quand tout dort, à minuit, sors du fond de l'enfer,
Saisis mon noir crayon de ta griffe de fer,
Et cloue au front du TRAITRE et sur sa bouche infâme
Tout le feu que Satan met à brûler une âme!!!
Traître! mot que Bourmont a baptisé si bas,
De l'Opposition va frapper le Judas!
Puisque tu t'es placé toi-même sous ma plume,
Porte-lui ces pensers battus sur mon enclume;
Porte à Barthélemy ce soufflet de ma part;
Dis-lui que la patrie est l'arc d'où le trait part.
Si pour forger des vers, comme les siens sublimes,
Je parcours vainement le dédale des rimes,
Qu'il sache que jamais l'or turpe du pouvoir
Ne plongera ma plume en son sale abreuvoir!

Oh! quand ces sons d'airain qui, surtout dans nos veilles,
Affreux de vérité, vibrent à nos oreilles,
Ces sons qui, ranimant le conseil éperdu,
Disaient avec frisson : BARTHÉLEMY VENDU!

Alors, transfuge, alors, nous qui chantions les fêtes
Où ton luth foudroyait tant de coupables têtes,
Nous pantelons de fièvre et tous nos nerfs crispés
Se tordent... on dirait que Dieu les a frappés
Du feu torréfiant de sa grande colère,
Depuis que tu t'endors vautré dans la poussière....
Non, rien ne nous rit plus dans la saison des fleurs;
Rien ne peut endormir nos yeux et nos douleurs :
Nous qu'à ses doux festins l'amour souvent convie,
Nous qui rêvons encor les songes de la vie,
Eh bien! nous proscrivons ces songes tout dorés
Qui voltigent pour nous sous des cieux azurés;
Et, quand vient sur nos fronts le baiser de nos mères,
Pour elles nous n'avons que des lèvres amères;
Nous que pourraient charmer les longs propos du soir,
Quand la vierge aux yeux bleus près de nous vient s'asseoir,
Rien; — pas un mot d'amour n'effleure notre bouche;
Rien; — nous sommes de bronze à tout ce qui nous touche,
Et lorsque en nos cheveux passe une blanche main,
Oh! nous la repoussons sans lui dire : A demain!
Car, poètes, debout nous vivons sur la braise,
Pour éveiller le peuple au bris de la fournaise!...

Quoi donc, Barthélemy! le souffle de Plutus
Peut éteindre une lampe à l'autel de Brutus!...
J'en ai douté long-temps : non, je ne pouvais croire
Qu'un homme tel que toi prostituât sa gloire,
Et vendît au pouvoir flagellé par ses mains
Une muse française et des vers tout romains!
Mais quand j'ai reconnu, pauvre alors d'espérance,
Que ton nom et tes vers étaient morts pour la France;
Quand ton trafic honteux s'est découvert à moi,
J'ai plaint ta conscience et j'ai rougi pour toi.

C'est à des nains dorés qu' après les flétrissures
Dont tu rayas leurs fronts cyniques de souillures,
Tu vendis, sans pâlir, lâche caméléon,
La plume qui chanta les deux Napoléon,
Et que, par un marché que la France récuse,
Tu courbas devant eux ta tête de Méduse!
Ces lauriers glorieux qui pleuvaient sur ton front,
Ah! devaient-ils subir un si mortel affront!
Astre échappé des cieux, la civique couronne,
Vierge de déshonneur quand le peuple la donne,
Devais-tu la suspendre à de royaux lambris ?
Les grands devaient-ils donc s'asseoir sur ses débris!.....

La France qui t'aimait d'une amour maternelle,
Et qui pour toi rêvait une gloire éternelle;
La France dans son sein qui t'admirait GÉANT,
PYGMÉE au fond des cours te condamne au néant.
Frémis, ange déchu! l'impartiale histoire
Pour l'avenir te garde une triste mémoire,
Et tes chants qui volaient à l'immortalité,
S'éteindront sans écho dans la postérité!

Et maintenant, frappé de tous les anathêmes
Dont ne peut te laver l'eau de trente baptêmes,
Où fuir, où t'exiler?... Ton nom, Barthélemy,
Fut naguère trop grand pour se perdre à demi.
Il lui faut un refuge ou plutôt un repaire
Qui le cache à nos yeux à mille pieds sous terre :
Nous ne voulons de toi pas même un souvenir;
L'air que nous respirons, il pourrait le ternir!
Pars donc, apostat, pars! Dans une fuite prompte
Porte sous d'autres cieux et ton or et ta honte,
Et ta lyre vendue et tes chants qui sont morts.
Mais où crois-tu pouvoir échapper au remords?...
Iras-tu reposer dans l'Eden de Provence
Où des jours radieux saluaient ton enfance,

Où lorsque tu naquis, planant sur ton berceau ,
Une auguste déesse agitait son flambeau ?
Perfide, oseras-tu, quand tout circule et veille,
Enfant déshonoré, te montrer dans Marseille,
Ou seul, à pas de loup, viendras-tu quand tout dort,
Au foyer paternel chauffer tes habits d'or ?...
Le jour, tu sentiras NÉMÉSIS offensée
De ses ongles crochus torturant ta pensée ;
La nuit tu sentiras dans un sommeil d'airain
Sur ton cœur tout saignant une infernale main,
Et tu verras ton nom, dont l'orage se joue,
Abandonner le ciel pour tomber dans la boue,
Ton nom promis par nous aux murs du Panthéon,
Et qui craque à présent de malédiction.
Aujourd'hui parfumé d'une odeur d'antichambre
Nous te répudions ; tu ne sens plus que l'ambre :
Et, par un trait piquant pour finir le croquis,
Il ne te manque plus qu'un habit de marquis !

Va, va courber ton front dans la poudre royale !
Rampe, serpent docile, et baise la sandale
Qu'à tes lèvres présente un ministre impudent
Qui de ta NÉMÉSIS sentit le fouet mordant. ᴠ

Adore, renégat, ces empourprés fantômes,

Vampires affamés de l'or des autres hommes,

Qui boivent à longs traits, dans un lâche repos,

Et la sueur du peuple et l'oubli de ses maux !

Auprès des princes, va, dans l'espoir d'un salaire,

Te prosterner servile, et ramper pour leur plaire !

Ose encor mendier ce souris plein d'effroi

Qui s'échappe à regret de la bouche d'un roi!

Cours au-devant d'un duc, conscience élastique;

Tombe aux pieds d'un prélat, mannequin politique :

Caresse, agenouillé, ces courtisans pâlis,

Dans la fange du Louvre élevés et vieillis,

Eux dont le dos, vingt ans ployé par les courbettes,

S'est usé bassement dans les royales fêtes!

Poursuis.... tu recevras l'étoile de l'honneur;

Mais tremble que son poids ne soit lourd à ton cœur !

Puisque tu n'as pas craint de renier ta gloire,

Nous flétrirons tes chants ainsi que ta mémoire,

Nous crîrons, te clouant à l'infamant poteau :

GLOIRE A VOUS, DESTIGNY ! GLOIRE A VEYRAT-BERTHAUD !!!

Lyon. — Typographie de L. Boitel, quai Saint-Antoine, 36.

TISIPHONE,

SATIRE POLITIQUE,

PAR

LEOPOLD CUREZ.

(2me LIVRAISON.)

INDIGNATION.

.... Facit indignatio versum.
JUVÉNAL.

Horreur! horreur! — Au peuple, à nous les jours de deuil,
Car nous flottons toujours entre un double cercueil :
A nous les sombres temps et les plaintes amères,
Car nous fûmes maudits dans le sein de nos mères :

A nous tous les fléaux, à nous tous les tourmens
Que pour leur fantaisie inventent les tyrans :
Hommes libres! à nous les lentes agonies,
Et les spectres du soir avec les gémonies,
Et les nuits où, drapés de longs crêpes tout noirs,
Les astres pâlissans sur nos obscurs manoirs
N'étalent plus, jadis comètes scintillantes,
Leur chevelure d'or et leurs robes brillantes ;
Et puis, encore à nous les phases de malheur
Qui gravent sur les fronts le sceau de la douleur!...

— Ah! nous avons grand tort de nous plaindre; — la foule
N'est rien qu'un vil troupeau qu'il faut que le roi foule...
La foule est un bétail à laineuse toison
Qui du budget des cours doit enfler la moisson,
Sans qu'au palais des rois, sans qu'à leur table vide
Elle vienne apporter sa large bouche vide;....
Sans que son œil jauni qui jamais ne s'endort,
Sonde aux replis du cœur ces crocodiles d'or
Que la fangeuse mer, au jour de ses ravages,
Laissa, dépôts impurs, à sec sur ses rivages!...

Eh quoi! soleil, déja terni par l'air des cours,
As-tu devant les rois reculé pour toujours,
Toi, juillet immortel, mois aux grandes journées,
Qui fis deux fois pâlir les têtes couronnées?
De tes brûlans rayons l'étincelant flambeau
Pour se réfugier n'a-t-il plus qu'un tombeau?
Ah! lorsque tu brillais de la vive auréole
Que reflétait sur toi le vieux drapeau d'Arcole;
Un songe alors nous vint, tout riant d'avenir;
Mais nous ne pensions pas qu'il dût sitôt finir :
Car bientôt les agens de la diplomatie
Nous pressèrent du poids de leur suprématie,
Et sur les pavés chauds, qu'ébrécha le canon,
L'irrésolu pouvoir bâtit son cabanon;
Car à peine séché du sang qui dans les rues
Rougit pendant trois jours les fontaines accrues,
Le trône citoyen tout à coup s'entoura
De ces gens qu'à son tour le peuple jugera.
C'est alors qu'au palais l'infernale doctrine
De notre liberté médita la ruine;
Alors elle voulut l'étouffer au berceau
Avant que l'ouvrier eût fini le cerceau;
Pour venger sa frayeur, de son front sacrilège
Alors, au lieu des lois, surgit l'ÉTAT DE SIÈGE!...

Là , sur un tapis vert, au fond d'un cabinet,
Contre l'honneur l'intrigue en secret machinait,
Et de ses beaux décrets la haute omnipotence
Pour tout bon citoyen rêvait une potence ! —
Ce n'était point pourtant ce qu'on avait promis
A ces Français traités depuis comme ennemis ;
Et certe, elle a menti plus d'une fois la CHARTE
Que chacun toujours prône, et dont chacun s'écarte.....

Ah! quand sur nous grondait le géant des combats ,
Il est des fronts bien hauts que nous vîmes bien bas !
Du signe de l'honneur tel effronté se couvre,
Qui se rapetissait dans les caves du Louvre,
Quand dans l'air embrâsé le rapide boulet
Du tonnerre de bronze avec l'éclair volait,
Et qu'une déité, belle comme l'aurore,
Nous berçait d'un espoir que nous rêvons encore !...

O vous , qui n'êtes plus! en ces jours de splendeur,
Vous qu'invitait la mort au banquet de l'honneur ;
Vous qui n'avez pu voir la déesse immortelle
Si pure du beau sang que vous versiez pour elle ;

Vous qui, dès que son nom eut à peine tinté,
Succombiez en criant : VIVE LA LIBERTÉ !
D'invincibles héros innombrables peuplades,
Courageux citoyens, Vaubans des barricades,
Vous, qui des trois couleurs que l'on flétrit quinze ans,
Exhumiez l'arc-en-ciel aux yeux de nos tyrans :
Si, brisant aujourd'hui votre lit funéraire,
Soudain vous renaissiez au jour qui nous éclaire;
Si la France trompée, étalant son grand deuil,
N'offrait à vos regards qu'un squelette au cercueil;
Si des Français d'alors le bouillant enthousiasme
Ne vous montrait qu'un corps tombé dans le marasme,
Si vous aperceviez le fleuve du pouvoir
Roulant toujours les eaux du même réservoir;
Si vous voyiez la tour de Sainte-Pélagie
Pour les héros tridiens à grands frais élargie;
Et si l'on vous disait que le Nestor des camps,
Lafayette est maudit par le roi de trois ans;
Lui, le vieux Lafayette, hostile à tout servage,
Lui qui fit cinquante ans la guerre à l'esclavage,
Lui qui voulait créer au peuple débâté,
Vingt siècles de bonheur avec la liberté!
Et puis, si la Pologne errante et désolée
Ouvrait à vos regards son vaste mausolée;

Si, rasés par le fer du noir tyran du Nord,
Ses enfans vous montraient ses murs fumans encor;
S'ils vous disaient tout haut que Varsovie en cendre
A d'aussi bas degrés n'eût jamais dû descendre,
Si, lançant une armée à travers ses sillons,
Nous eussions jeté là quarante bataillons :
Si d'un sang tout français à grands flots inondée
Paraissait devant vous la royale Vendée;
Si, déroulant l'horreur de ses assassinats,
Elle osait vous citer le nom de ses soldats;
Si les morts qu'elle a faits, venaient baignés de larmes,
Pour venger leur trépas vous demander des armes;
Du dôme où fut debout jadis notre empereur,
Si l'oiseau souverain poussait un cri d'horreur;
S'il venait, fendant l'air, réclamer cette cendre
Qu'au bronze triomphal on a promis de rendre :
Si vous voyiez Laffitte aujourd'hui rejeté
Par le roi que lui-même au pavois a porté,
Laffitte dont la cause à la nôtre est commune,
Lui, dont les malheureux ont connu la fortune;
Puis, si vibrait à vous un discours éhonté
Labeur d'un homme impur d'impopularité;
Si vous lisiez l'arrêt qui condamna LIONNE
Pour avoir dit leur nom aux députés du trône;

Si la voix d'O'Reilly, mourant dans sa prison,
Râlait en sons plaintifs, pour suprême raison,
Que depuis plus d'un mois vainement il réclame
Un ccloaqne moins noir pour raviver son ame,
Et prêter à son corps qui décroît tous les jours,
S'il en est encor temps, un bien tardif secours;
Si le funèbre glas qui sonne l'agonie,
Tintait avant demain sa carrière finie,
Sans que la voix de Mie et Sarrut et Gervais
Ait pu percer les murs du complice palais,
Sans que ce cri de mort, vingt fois tonné la veille,
Des ministres à table ait pu troubler l'oreille : —
Pour noircir notre sang dans ses rouges canaux,
Si naissaient à vos yeux d'homicides créneaux,
Oui, si l'on vous montrait ces machines royales
Menaçantes d'obus, de boulets et de balles,
Qui réservent pour nous, non pour les ennemis,
Des charges à mitraille au milieu de Paris,
Et l'âpre porte-cierge, à la gloire décrue,
Apposant un fortin au coin de chaque rue;
A cet horrible aspect, braves, que diriez-vous ? —
Vos mânes indignés s'enfuiraient en courroux :
Loin d'un sol tout souillé, loin d'une terre impure,
Vous iriez revêtir votre noire parure,

Et demander au ciel un éclatant trépas
Pour ces pâles SAUVEURS qui ne nous sauvent pas !

Et nous, pauvres vivans, sur cette mer d'orages
Verrons-nous poindre enfin de plus heureux rivages ?
Debout sur le tillac, impatiens du port,
Attendrons-nous long-temps un Dieu vengeur du sort ?

LYON. — TYPOGRAPHIE DE L. BOITEL, QUAI SAINT-ANTOINE , 36.

TISIPHONE,

SATIRE POLITIQUE,

PAR

LÉOPOLD CUREZ.

(3me LIVRAISON.)

UNE FÊTE AUX TUILERIES.

UN BANQUET EN FRANCE.

> Sancte Philippe, ora pro nobis.
>
> Saint Philippe, priez pour nous.
>
> (LITANIES A L'USAGE DES COURS.)

> Pedes habent, et non ambulabunt.
> Os habent, et non manducabunt.
> Non humectabuntur in gutture suo.
>
> Ils ont des jambes; pas de promenade. Ils
> ont des bouches; défense de manger. Ils ont
> soif; ils ne boiront point.
>
> (PSEAUME.... DOCTRINAIRE.)

Partez! à votre sœur, TISIPHONE, allez dire

Qu'ils ne sont point passés les jours qu'il faut maudire;

Oh ! tonnez qu'aujourd'hui c'est fête chez le roi,
Et que le peuple râle avec un cri d'effroi :
Oh ! grondez que ce soir, quand dansera le prince,
Du peuple on entendra claquer la dent qui grince...
Allez voir au palais ces spectres de satin ;
Allez... mais gardez-vous de vous seoir au festin.
Que vos ongles de fer s'incrustent sur les trônes,
Et cramponnez-vous bien aux royales couronnes :
Cicatrisez sans grâce avec un fer tout chaud
Le front qui roulera des pensers de cachot
Pour faner au printemps de sa vie amoureuse
Le poète qui rêve une ère plus heureuse ;
Pour jeter chaque jour dans un cloaque étroit
Le peuple qui murmure ; Oh ! j'ai faim !... Oh ! j'ai froid !
Pour lier notre main à nous de qui la plume
Sur les crânes dorés sert de marteau d'enclume ;
Pour livrer à l'horreur des glaives ennemis
Quiconque appellera le grand astre promis,
Quiconque flétrira cette PROSTITUÉE
Que l'infâme doctrine elle-même a tuée !...

O d'Argout, ô Persil, ô Barthe ! Trinité
Que n'avoûrait jamais la légitimité ;

Allez... ouvrez la porte à ces filles errantes
Qui traînent au château leurs fièvres dévorantes ;
Au monarque apportant votre honteux bouquet,
Demandez à genoux votre place au banquet.
Parmi les fleurs, toi, Barthe, au prince offre des chaînes,
Et qu'il les pèse un peu de ses mains souveraines ;
Et puis il verra, lui, si les membres des rois
Sont plus forts que nos bras pour en porter le poids !
Quand nos muscles à nous se tordent aux souffrances,
Croit-il que pour les siens Dieu créa des dispenses ?...
D'Argout, donne de l'or ; toi, farceur de Persil,
Un pistolet qui rate, un complaisant fusil.
Mêlez à tout cela Valmy, Jemmappes, gloire ;
Et, le roi d'un sourire apostrophant l'*Histoire* ,
Vous répondrez : « c'est trop pour l'honneur du pays,
« Sire ; — il faut maintenant une paix.... à tout prix... »
Soult, Guizot, Thiers, Humann, suivez les mêmes traces,
Et venez rire aussi vos banales grimaces :
Que Viennet prêche en vers qu'en France tout va bien,
Et que de l'extérieur on ne doit craindre rien, —
Sinon des mots amers, sinon *un peu* de honte ;
Mais la honte n'est rien au pouvoir qui l'affronte :
Oh ! c'est le peuple, lui, le peuple qui la sent ;
S'il la fallait laver, il faudrait bien du sang !....

O vous, que sous un ciel tout brumeux de tempête
L'étiquette exigeante appelle à cette fête,
Vous qui sur des tapis tout émaillés de fleurs
Broyez le souvenir de nos profonds malheurs ;
Vous, dociles carlins, que l'on contraint à rire,
Quand la reine ou le roi s'efforce de sourire ;
Vous à qui l'on impose un visage enchanté
Pour se venger du peuple au visage attristé,
Pour pouvoir féconder un stérile programme
Qui n'est rien pour les yeux, et moins encor pour l'ame ;
Vous, d'un éclat forcé qui parez vos balcons
Pour faire luire aussi nos toits veufs de lampions ;
Ah ! prenez garde au fort de l'étouffante étuve
Que le sol calciné ne vomisse un vésuve,
Et que les flancs ouverts du sulfureux volcan
De soldats des faubourgs n'improvisent un camp !...
Oh ! de la nuit entière employez bien les heures :
Encombrez de plaisirs les royales demeures ;
Et vous, dont l'estomac de truffes cuirassé,
S'est aux festins des rois avec pompe engraissé,
Ministres, dont sur nous pèse la lourde griffe
Comme le mont qui roule et tombe sur Sisyphe,
Au moins, quand de notre or vous gorgez vos desirs,
Pourquoi de vos *Veto* foudroyer nos plaisirs ?

Pourquoi, quand à Paris vous lestez vos entrailles
De nos vins généreux, de nos grasses volailles,
Un absurde arrêté, contre-signé Vachon,
Nous défend-il, morbleu! de diner à Lyon?...
Ne vous souvient-il plus du banquet-Lafayette,
Et, *sous le bon plaisir*, empêcha-t-on la fête?
Alors, comme aujourd'hui, vint-on nous menacer
Au milieu du repas de nous faire écraser?
Empêcha-t-on nos voix de crier à la ronde :
— Vive celui qui veut la liberté du monde ! —
Osa-t-on assourdir par le bruit des tambours
Les toasts que portaient la ville et les faubours?...
Les temps sont bien changés!... — Le spectre doctrinaire
Veut souffler jusqu'à nous son hâle poitrinaire;
Un banquet à Pagès!... O ciel! tout est perdu!...
Car, à peine le bruit s'en était répandu,
Que déjà, du pouvoir fidèle mandataire,
Gasparin renversait nos assiettes à terre,
Exhumait de la tombe une poudreuse loi
Qui, par le temps qui court, n'est plus de bon aloi;
Faisait mouvoir les bras du géant télégraphe,
De ses pensers fumeux trop tardif sténographe,
Et, trempé de sueur, nous dotait d'un discours
Condamné par l'affiche à vivre deux grands jours;

Et puis, le lendemain positive défense
D'ouïr le chant du peuple ou la douce romance ;
Et puis, des bataillons campés aux Célestins,
Jetés là tout exprès pour faire des mutins...
Préfet, généraux, maire, oh ! sont-ce là des rôles
Pour lesquels nous ayions d'assez dures paroles,
Et n'est-il pas honteux que, pour se montrer fort,
Chaque jour contre nous on tente quelque effort ?
Car, au fait, répondez ! qui forge les émeutes ?
Dogues de la police, eh bien ! ce sont vos meutes !...
Perfides ! Vous vouliez un SIX JUIN, n'est-ce pas ? —
Pour qui prenez-vous donc aujourd'hui nos soldats !...

   Eh quoi ! c'est à présent, quand chaque jour recule
A des mondes sans fin les colonnes d'Hercule,
Que l'on veut dans nos seins par la force abrutir
Tout élan généreux qui s'apprête à partir,

.   .   .   .

.   .   .   .

Et qu'on ose marquer à des cœurs de vingt ans
Un but qui, dépassé, les rend serfs ou tyrans,
Tout comme si l'honneur était une machine
Que l'on peut remonter, une fois en ruine !..

Que craignez-vous enfin, apôtres du Pouvoir?...
La République? — Un jour, oh! puissions-nous la voir
Des nuages rosats s'échappant radieuse,
Nous venir sur l'azur d'une étoile rieuse!
Large souffle divin, astre émané du ciel,
Tu peux seul embellir nos jours trempés de fiel!
Viens, mais vierge de sang, comme une jeune fille,
Au front pur et céleste où l'innocence brille!
Viens, sans prisons d'état, sans lugubres cachots;
Laisse derrière toi les rouges échafauds,
Et que le vent d'amour qui te pousse au rivage
Plonge au gouffre des mers l'écume du ravage!
Dans les bras du soleil au bleuâtre horizon
Parais, et de ton souffle abime la prison
Qui retient enchaînés au printemps de leur vie
Tous ceux qu'à son banquet la liberté convie!
Brise les fers rongeurs aux crampons inhumains
Qui compriment l'élan des généreuses mains,
Qui veulent dans nos doigts fracasser notre plume
Sous le poids *Guizotin* de leur ignoble enclume!
Vains efforts! le pinceau qu'on a voulu lier,
Il ne se casse pas; — il ne fait que plier:
Et puis, s'il faut un jour que les ombres royales
Nous punissent d'avoir révélé leurs scandales,

En attendant l'aurore où nos dix doigts guéris
Seront libres des nœuds qui les avaient meurtris,
Nos pensers, dévorant les infâmes doctrines,
Jailliront plus ardens de nos chaudes poitrines,
Et le dard qui devait les refouler en nous,
Nous le cloûrons au front du Pouvoir à genoux!!!

AVIS.

Les conditions définitives de la souscription paraîtront à la suite du prochain numéro.

Lyon. — Typographie de L. BOITEL, quai saint-antoine, 36.

61

www.ingramcontent.com/pod-product-compliance
Ingram Content Group UK Ltd.
Pitfield, Milton Keynes, MK11 3LW, UK
UKHW022359120726
13694UKWH00005B/1983